그냥 써, 대니

KB147966

대니. (최대인)

촌에서 태어나 대부분을 도시에서 살다.
성실한(?) 직장인에서 갑자기 백수로 변신.
사방팔방 여행을 다니며
시간과 돈을 마구마구 소비하다.

좋아하는 것은
카페에서 커피 한 잔 음미하는 것.
책을 한가로이 읽는 것,
여행.... 떠나는 것이다.
그리고
가장 좋아하는 건
낯선 여행지의 카페에서
커피 한 잔 마시면서
책 읽는(척) 여유를 즐기는 것이다.

프롤로그

직업은 완벽한 백수이다.
백수구(백수구년)의 밤이 후딱 지나갔다.
매일 카페에서 커피 한 잔과 책 한 권으로 하루를 시작한다.
나를 내기기는 홀로와 같은 일상이다.
사람과의 만남없이 하루종일 혼자 있는 날이 쌓여가고 있다.
심심함을 견디는 일이야 많고 삶의 본질임을 알아가고 있는 중이다.
일탈, 올해도 여지없이 여행을 준비했었다.
역·마·살, 상당히 있는 편이다.
훌쩍 떠나기를 좋아한다.
끈기나 인내는 분명 부족하지만 심은 공평하게(?)
왕성한 호기심은 주겠다.
낯선 곳에서 편안함을 느끼고
현지인들과 쉽게 친해지는 뻔뻔함도 주었다.
내가 현지인인지 현지인이 나인지 가끔은 헷갈리기까지 한다.
올해는 내 의지와 관계없이 역마살을 잠시 멈추게 되었다.
자연의 봄은 오감으로 느낄 수 있을 만큼 반연하게 다가왔는데
세상의 봄은 언제나 찾아 올런지......
자연스럽게 빨리 오기를 진심으로 바래본다.
여행을 떠나지 못함으로 갑자기 생긴 시간의 여유와
금전적 여유를 어떻게 활용할 것인가
생각하다가 그냥 내 맘대로 틈틈히 끼적거렸던 글을
책으로 내보기로 한다.
읽으면 읽을 수록 유치하지만
살면서 자기만의 책 한 권 정도는 가져보는 것 또한
나름 의미있는 삶이지 않을까... 라는 합리화.
그래서 이렇게 글을 선보이기로 한다.

2020. 4월 봄날.
대니.

목차

삶은 원래 써, 대니

내게 사랑은 너무 써, 대니

꿈 / 기다림 / 그리움2 / 오직 사랑 / 그리움2 / 위로 / 아픈 일 / 통증 /
바람이 분다 / 무장해제 / 놓아버림 / 사랑은 1 / 외로우니까 사람이다 /
주어 / 미련 / 상처보다 깊은 사랑 / 의심,관심 / 중심 / 밤 / 설렘 / 나만
바라 봐 / 거리 / 이것 또한 지나가리니 / 상처 / 사랑하는 1방법 / 사랑은 2 /
유한성 / 반 / 사랑의 감정 / 표현 / 시절인연 / 자격 / 그리움3 / 집착1 /
좋은 사이 / 집착2 /

계절은 어써, 대니

봄,꽃 / 봄바람 / 화무십일홍 권불십년 / 흔들리다 / 행복한 사람 / 생명 /
비오는 날의 수채화 / 독서의 계절 / 카페긴부러의 사색 / SO hot / 변화 /
모기와의 전쟁1 / 모기와의 전쟁2 / 산책 / 바람불어 좋은 날 / 가을인녘 /
자연의 법칙 / 가을 하늘 / 감정자국 / 생의 향연 / SO COOL / 가을의 기도 /
겨울 맞이 / 쉼표 / 준비 중 / 각자의 색 /

여행 중 써, 대니

배낭하나 / 여행의 이유 / 자기의 이유 / 사람공부 / 진짜 나 / 낯섦 / 혼여행 /
공통언어 / 지구는 살아있다 / 이유 / 반영 / 안개 / 바다 / 고비사막 /
삶의 파산 / 쿠바의 벽 / 살자쭉다 / 세상의 끝 / 개껀 / 망자의 날 /
잉카의 슬픈 운명 / 조지아 오쉬롤니 / 도시, 부산 / 우유빛깔유뮤니 / 랜드마크 /
불능적으로 / 니 아름다움의 끝 / 행운의 색 / 오, 사하라 / 멘레오 빙하 /
조지아 카즈베기 / 오래된 미래 / 고흐의 슬픔 / 국내여행 /

삶은 원래 써,
대니

삶이 달달했으면 했어.
근데 삶이 써.
쓴 맛을 보니
달달함이 더 소중하게 느껴져.

'if'

약에서
결코 중독돼서는 안 되는 약.

'만약'

'스마일'

삶이 그대를 속일지라도

웃어요.

웃어 보자구요.

그럼 그대가 삶을 속일 수 있을 거예요.

'가벼움'

'가볍다' 라는 단어

가볍게
읽고, 생각하고, 가지고. 살아가고.

삶!
그렇게 살자.
가볍게.
무거움을 스스로 장착하지는 말자.

'두근두근'

여행도 두근두근
사랑도 두근두근
삶도 두근두근

가슴이 뛰지 않은
여행은,
사랑은,
삶은
그건 진짜가 아니다.

'길'

삶의 수없이 많은 길
그 선택권은
오롯이 자기자신에게 있다.

그 결과에 대한
책임도.

'후회 1'

삶은 후회의 연속이라는 말.
결과론적인 이야기가 아닐까.
어떤 선택을 하더라도
인간이라는 존재는 다른 선택을 생각한다.

'만약'이라는
가정법에 갇혀 살아간다.

'마음'

'갇힌'
'닫힌'
'막힌'

살면서 가져서는 안 되는 마음들.

'끄적 끄덕'

여행을 자유롭게 하고 싶었다
글을 자유롭게 쓰고 싶었다
삶을 자유롭게 살고 싶었다.

그렇게
삶을 끄적이고 싶었다.
그리고
삶을 끄덕이고 싶었다.

'직선'

가끔은 직선이 좋다.

사랑도

삶도 .

'삶은 단순명료 해야 한다.'

'좋은 것이 좋고
싫은 것이 싫다.' 나는
그런 이분법적 사고가 단순명료함은 아니다

자기를 사랑한 만큼
타인을 사랑하고
자기가 존중받기를 원하는 만큼
타인을 존중하면 된다.

'복귀'

일탈보다
더 어려운 것이
일상으로의 복귀라는 걸
알아가고 있다.

'용서'

용서하는 것 보다
용서받는 것 보다
더 어려운 건
용서를 비는 것이다.

'그냥'

나에게 참 어려운,

끈기
인내

생각해 보니
삶, 얼마나 길다고
그냥 이렇게 살자.

'오늘'

가장 젊은 날이
바로 '오늘' 이라는 상투적인 말.
그냥 싫을 때가 있다.
차라리
'청춘을 돌리도' 라는
유행가 가사가
더 가슴에 와 닿는다.

'시선'

'보고 싶은 대로가 아닌
보이는 대로 보는 것'

이것이 얼마나 어려운 일인지.

그럼
'보고 싶은 대로'를
좀 더 따뜻하게 바라보자.

'어른이 되어 간다는 것은'

나이가 먹어가는 것이 아닌
생각이 커져 간다는 것.
마음이 커져 간다는 것.

'그때 그 시절'

'과거는 조작된다
더 아름답게
더 유리하게'

그래야만
지금 현재가 정당화 되기에

과거를 있는 그대로 볼 수 있는 용기
나는 과연 있을까?

'추억'

추억은
가끔은 삶에 의미를 부여하고
삶을 지탱해 주고,
그러나
추억에 갇혀 버리면
삶도 갇혀 버린다는......,

'가면'

나는

얼마나
도덕이라는,
이성이라는 가면으로
감정을 감추고 있었는가
헷갈리기 시작했다.

'재미없는 삶, 무료'

아. 무료인 시간이 넘 많다.

'본질'

앎,
다 부질없음을 안다.
그 부질없음이
삶의 본질이다.

'정체성'

Who are you ? 가 아닌

who am I ? 를

물어야 할 때.

'취미'

내가 좋아하는 것들.
카페에서 커피 한 잔 음미하는 것.
책을 한가로이 읽는 것.
여행을 훌쩍 떠나는 것.

내가 가장 좋아하는 것.
낯선 여행지 카페에서
커피 한 잔 마시면서
책 읽는(척) 여유를 즐기는 것.

'생존'

'흔하다'라는 이유로
그 소중함을 잊고 산다
사실,
그 흔함으로 우리는 생존을 한다.

'타이밍'

'지금 바로'와
'잠깐 멈춤'을 아는 것.

삶에서 가장 어렵고 어려운 타이밍!

'인연'

인연이란

처음보다
더
끝이 중요하다는.

'커피와 삶의 공통점'

쓰고
시고
달고

참 오묘하다———

'마음 2'

마음의 벽
    깨뜨려야 한다.

마음의 틀
    벗어나야 한다.

'마음 3'

'겨우' 보다

'씨이나' 라는

마음으로 ......,

'나이는 숫자에 불과하다'

견고 노인을 위한 말이 아니다.
누구에게나 통용되는 말이다.
잘 늙어야 하는 이유
그리고
숫자의 무게를 느껴야 하는
이유이다.

'얼굴'

'나이'의
진진성과 속도성

얼굴은 내 삶의 반영이다.
잘 늙어야겠다.

'차이'

계기와 용기의 차이.
그 조그마한 차이가
삶에서는 큰 차이를 만든다.

'용기 /'

가끔은
포기하는 것도
물러설 줄 아는 것도
용기이다.

'용기 2'

잘못을,
실수를,
실패를 인정한다는 건
분명 용기이다.

삶에서
이러한 것들을 인정하지 않음으로
허우적 거리게 된다.

'사람'

본능적인 사람이 부럽고
이성적인 사람은 존경스럽다.

'내가 생각하는

목심의 법칙.'

멈추지 않는다
계속 증식한다

자연은 자연스럽게 흘러가고
자연스럽게 변한다.
사람이 자연에 끼어 들어 갔고
모든 것들이 어긋나기 시작한다.
사람만의 편의를 위해
목심으로 자연을 망가뜨린다.

'자연스럽게'

'생각'

'나만 돼'
'나만 아니면 돼'

'나'라는 주어가 문제인 걸까?
'만'이라는 조사가 문제인 걸까?
이런
생각이 문제가 되는 것일까?

'내가 사랑하는 단어들.'

'독보적'
'독특한'

평범하기를 거부한다.

『마음4』

산다는 건
가끔은
마음가는 대로 움직이는 것.

그래서
삶은 살만한 것.

"미움 받을 용기"

난 과연 있을까?
아니
어느 정도 감당할 수 있을까?

'수용'

어떤 충고도
어떤 위로도
중요한 건
하는 사람이 아닌
받는 사람의 몫이다.

'관점'

사람을

보고 싶은 대로 판단한다.
그 판단에서
벗어나면
'예상외'라는 말을 한다.

'이유'

사람은 해야 할 이유보다

하지 말아야 할

이유를 더 찾고 있는 건 아닐까.

책 속에 길이 있다.
단 누구에게나 있는 길은 아니다.
책 속에서 길을 찾고
그 길을 따라 행동하는
사람에게만 해당되는 말이다.

'위선'

선의 가장.
위선.

정직과 선의 가들이
점점 헷갈린다.

'건강'

건강했으면 하는 바람,
그 바람에 대한 최소한의 예의는
자기자신의
의지를 보여주는 것이다.

'기준'

삶,
살만 하다.
삶,
살기 어렵다.

어떻게 살 것인가의
기준은
바로
내가 정하는 것이다.

선입견

왜 검정색은
어둡고 불행하여
악마의 색으로 표현 되었을까?

검정아
그냥 미안해!

'얼굴2'

삶의 여정은
얼굴에 고스란히 나타난다.

잘 늙어야 하는 이유이다.

욕심은 덜,
배려는 더,
더. 불. 어.

삶에서 피해야 할 삼 '무'

무관심

무기력

무미건조

'위로'

시간이 약이라는,
삶이란 그런거야 …라는
위로의 말들.

가끔은
끔찍하게 들린다.

'자격지심.'

수시로 나를 흔들어 놓는다.
그 흔들림에
휘둘리는 그런 순간
모든 것들이 귀찮아 진다.

/ 말 /

누구는 삶을 귀찮아 하고
누구는 삶에 집착한다.
내가 그 상황이 아닌 이상

말......

함부로 하지 않기로 했다.

얼마나 사느냐 보다

어떻게 사느냐가 더 중요하다.

'관계 시'

모두에게 좋은 사람.
이건 욕심이다.

그냥
내가 좋아하는 사람을 좋아하자.
'선택과 집중'
관계에서도 필요하다.

그러나
모두가 싫어하는 사람은 되지 않기로.

'탐' 하고 싶었다.

여행을,

사랑을,

삶을 ......

'삶은 어렵다'

착하다고 다 용서되는 것은 아니다.

외롭다고 다 이해되는 것은 아니다.

안다는 것이

쉽지 않은 이유이다.

'도약'

내   삶에서

과연
'도약'이라는 표현을
다시 사용할 날이 오긴 올까?

그것이 중요하다고 생각하니?
곰곰이 생각해 보니
'아니오'라는 답이 나왔다.

'미움받을 용기'
난 그럴 용기가 있을까?

내 자신이 한없이 한심하고
내 자신이 한없이 초라해지고
내 자신이 한없이 미워질 때가 있다.
그냥 한순간에 사라지고 싶은 충동,
이런 충동들이 밀물처럼 밀려오면
또 내가 미워진다.

〈연습〉

삶은
자기가 가지고 있는 것을
버리기 연습하는 것.

얼마나 어려운 지 알지?

경계

경계에 서 있다는 건
선택과 갈등을 동반한다.
그리고
그 경계의 선택이
'삶'을 결정한다.

'연속성'

가끔은
모든 걸 리셋하고 싶지만 시간은 연속성이다.
여기서 끝, 다시 시작이 아닌
과거는 현재로 이어지고
현재는 미래로 이어간다.
단절은 결코 용납치 않는다.
그것이 바로
'삶'이고
'나'이다.

'안주 = 꿈'

누군가는 안주하라 하고
누군가는 꿈꾸라 한다.
안주나 꿈은 전혀 다른 의미 같지만
생각해 보니 나는 의미가 통하는 것이 아닐까.
소소한 꿈을 꾸고 또 이루고
그러한 삶에 만족하면서 살아가는 것.
이것이
바로 꿈도 꾸고 안주하는 삶이 아닐까.

'어떤 사람'

즐거운 사람을 만나면 즐거워 진다.
향기로운 사람을 만나면 향기로워 진다.
행복한 사람을 만나면 행복해 진다.

나는 어떤 사람인지 잘 모르지만
어떤 사람이 되어야 하는 지는 알 것 같다.

나에게 바라니

'꿈'을 허하나

꿈 감

꿈 유

꿈 현

꿈 익

'척'

난 삶에 집착하지 않는다.
돈에 집착하지 않는다.
관계에 집착하지 않는다.

아, '않는다' 라는 단어의 선택
잘못임을 인정하기로 했다.

'않은 척'이 적확한 표현임을.

'자존심,'
그건 열등감의 다른 표현이다.

'자존감,'
그건 인간의 느만함이다.

'두 계'

삶에는

두 가지의

중요한 '계'가 있음을 알았다.

바로

'관계 와 경계'

'따뜻한 사람'

'누구에게 한 번이라도 뜨거운 사람이었느냐'

누군가에게 뜨거운 사람이란 건
어떤 사람일까?
삶이 뜨겁게 산다는 건 어떤 삶일까?

뜨거운 사람이 되지는 못하겠지만
뜨거운 삶을 살지는 못하겠지만
따뜻한 사람은 되자.
따뜻한 삶을 살자——.

'스텝 바이 스텝'

영화 「여인의 향기」의 대사 중에서.

• 잘못하면 스텝이 엉키죠.
  하지만 그때로 추면 돼요.
  스텝이 엉키면 그게 바로 탱고지요.

• 살다 보면 스텝이 엉키죠.
  하지만 그때로 살면 돼요.
  그게 바로 삶이지요.

'기대의 법칙'

기대는 현실과 비례하지 않는다.
삶에 기대가 크면
그 삶은 만족하기 어렵다.

삶..... 기대하지 말자.
아니 이것이 어렵다면
기대치를 낮추어 보는 걸로......,

'심심함'

삶은 아픔을 견디는 것

묻지 않게
심심함을 견디는 것이다.

'바이러스'

몸에 침투한 바이러스는
몸을 병들게 한다.
그리고 전염시킨다.
마음에 침투한 바이러스는
마음을 병들게 한다.
그리고 전염시킨다.

바이러스는 예방이 중요하다.

몸과 마음을 건강하게 관리해야 하는
이유이기도 하다——.

'집착'

이만하면 잘 살았다고 하면서도
삶에 집착하는 나를 발견한다.
그래도 평균수명까지는 살아야 겠다는
이런 욕심.
하루하루가 심심하다.
이러한 심심함이 삶을 권태하게 만든다.
산다는 건 이벤트가 아니다.
그냥 이렇게 사는 것이다.
이렇게 사는 것.
가끔은 이런 생각이 나를 미치게 만든다.

'색(Color)'

사람마다 좋아하는 색(color)이 있다.
빨강일 수 있고
파랑일 수 있고
눈에, 마음에 끌리는 색이 있다.

더 가져야 하는 건
자기만의 색깔이다.
자신을 한 마디로 정의할 수 있는 색.
물론
부정적인 색이 아닌
긍정적이면서도 매력적인 색.

'기쁨'

흔들리지 않는 춤은 춤이 아니다.
흔들리지 않는 삶은 삶이 아니다.

그러나

춤에도

삶에도

패턴이 있고 기쁨이 있다.

중요한 건
그 기쁨을 지키는 것.

'바람 바람 바람'

삶은 즐거워야 하고
음악은 신나야 하고
춤은 흥겨워야 한다.

이건
순전
바람 바람 바람일 뿐이다.

'인생부호'

인생 뭐 있어?
인생 뭐 있어!

부호 하나의 다름만으로
문장의 의미는 확연히 달라진다.

난 삶을 물음표로 살고 있는 걸까
느낌표로 살아가고 있는 걸까.

얕아지다

와

사라지다.

'불신'

내가 믿지 않는 두 단어

'절대'
'영원'

'소중함'

시간의 소중함,
관계의 소중함,

머무를 것 같지만
흘러가고 변해간다.

그래서
지금 이 시간이
지금 이 사람이
소중하다.

청춘

청춘의 아름다움은
단순함이다.
무심함이다.

삶의 무게를
단순무심하게
무시할 수 있는......,

°신념 /`

신념!
특히 잘못된 신념이
자기자신을 온통 물들이는 순간
괴물이 되어 간다.

본인만 모를 뿐이다.

'정리 1'

머리카락을 정리했다.
생각을,
심란함을 정리하고 싶었다.

마음이 문제임을 안다.
머리카락을 정리한다고
마음이 정리되지는 않는다.
그리고
삶은 정리되는 것도 아니다.

'성숙함'

진짜 성숙하다는 건
누구나 아는 사실을
실행하는 것이다.

'이유'

삶은 계획대로만 되지 않는다.
삶이 힘든 이유이자
살만한 이유이다.

물론
더 힘들게 하는 경우가 많지만.

'후회 2'

후회,
지나고 나서야 아는 마음들.
그리고 해 두고 싶었던 일들.
라거,
그렇게 쌓여 간다.
삶,
그렇게 흘러 간다.

'삶은……/'

겪다.
삶은,
관계는,
거짓은 거짓을 부르고
오해는 오해를 부르고
미움은 미움을 부른다.

물론
사랑은 사랑을 부른다.

삶

삶을
긍정적으로,
마음을 비우면서 살라고 한다.

역설적으로
삶은
긍정적인 일보다 부정적인 일이,
마음은
비우는 것보다 욕심으로
점점
커진다는 것이 현실이 아닐까.

'처음'

'처음'이라는
경험을 많이 하는 삶.

그렇게 살자.
변화를 두려워 하지 말고.

꿈이라 부르고 욕심이라 쓴다.

우리가 말하는 꿈
그건 욕심의 다른 표현이 아닐까.

'잠'

잠이 좋은 이유는

세상이,
삶이
그 순간만은
잠잠하기 때문이다.

'스스로 불행하게 만드는 마음.'

비교
와
만약.

산다는 건
자기 길을 그저 가기만 하면
충분한데......,

'나는 생각한다. 그리고 존재한다.'

생각이라는 것이
과연 의지에 의한 것일까?
무의식 속에서
계속 일어나는 것이
훨씬 더 많은 것은 아닌지.

그래서
'나는 생각난다. 그리고 존재한다.'

누군가 죽는다.
나 또한 죽는다.

막연하게
상당한 시간이 남아 있을 거라는
생각.

'그건 니 생각이고'

'삶은 2....'

'삶은 ~ 이다!'

선지자들은 정의한다.
그러나
삶을 정의대로만 살수 없다는 것이
바로
삶의 진짜 정답이다.

'버리기'

삶은 버리기의 과정이다.
잘 살고 있다는 것은
괜찮은 사람이라는 것은
얼마나 버릴 수 있느냐가 아닐까.

욕심 버리기
생각 버리기
집착 버리기
버리는 양만큼 삶은 가벼워진다.

'차이2'

자존심과 자존감의 차이.
너무 쉽게 말들 한다.

자존심을 버리고
자존감을 찾음으로서
성공하게 되었다고.

혹시 순서가 바뀐것이 아닐까?
성공함으로
그러한 논리를 스스로 합리화 시킨 것이
아니었을까 ..... 라는.

'이월'

삶을 이월하고 싶은데
그래 그렇지
삶은 단 한번의 결산으로 마감하는 거지
이월을 결코 용납하지 않는……,
삶을 최대한 즐겨야 하는 이유,
바로 여기에 있는 거지.

'가면'

난 낙천성을 경계한다.
너무나 낙천성의 다른 이름이
더 깊은 우울감이라 믿기 때문이다.
웃음 뒤에 감춰진 슬픔이
더 크다고 믿기 때문이다.

'신념 2'

거짓과 진실,
위선과 위악,
이 모든 것들이 흔들린다.

주체는 자기자신이다.

거짓이라고 자신이 믿어 버리면
그런 말이나 글, 그리고 행동은
진실성을 부여받지 못한다.

잘못된 신념을 경계해야 할 이유이다.

'행복'

'행복이라는 파랑새는 없다'.
단 그 순간의 감정만 있을 뿐.
그 순간의 감정을 즐기고 느끼는 것.
그것이 바로 행복이다.
그렇다면
'행복이라는 파랑새는 있다'.
단지 그 파랑새는
잠깐 머물고 가끔 찾아올 뿐
항상 머물지도
자주 찾아오지 않을 뿐.

'유한성'

한 번 뿐인 삶이라고,
유한한 삶이라고 욕심을 부린다.
생존을 위한,
가족을 위한,
행복을 위한 욕심이겠다고.

잠깐,
한 번 뿐이기에
유한하기에
욕심을 놓아도 됨을
이제야 깨닫기 시작했다.

'과정'

삶의 마지막에서는
중요한 건 별로 없다.
그러나
그 과정에서 느껴지는 무게는
분명 존재한다.
우리가 집착하는 이유이다.
삶은 과정을 통해 결과에 이른다.
너무 집착할 이유가 없는 이유이기도 하다.

'질문'

'왜 사느냐'고 물으면
'그냥 웃지요' 라고 누군가가 그랬다.
그땐 무슨 심인한 의미나
철학이 있는 줄 알았다.
지금 내가 곰곰히 생각해 보니
그 질문에 대하여
대답을 할 수가 없어서가 아니었을까... 라는
생각이 든다.
삶에는 정해진 답 같은 건 없으니까.

'나이 2'

나이 마흔을 불혹이라 한다.
난 마흔에 더 흔들렸다.
나이 오십을 지천명이라 한다.
난 오십에 더 헷갈렸다.

'여름2'

욕심의 크기는 무한대다.
이것을
멈출 수 있을 때
나는

진정한 여름이 되는 것이다.

'순간순간'

삶을
잘 살았다는 걸
마지막 순간에 알 수 있다고 한다.

아무도 모른다.
삶의 마지막은.

삶의 과정에서 느끼는
순간순간의
즐거움이
더 중요한 이유이다.

'시선2'

보여주기 위한 삶,
보여주기 위한 글,
나는 과연 벗어날 수 있을까?

'행복 2'

삶의 공식은

행복 < 불행이다.

행복함의 정의는

어쩌면

불행하지 않음일 지 모르는 이유이다.

'아픔'

아메리카노의 알싸한 향에 한 모금.
쓰디 쓴 맛이 혀끝을 자극한다.
아, 내가 지금 살아 있음을 느낀다.
감각이 있음으로,
오늘 하루, 바로 지금 살아 있음을.
삶 또한 비슷하지 않을까.
달달한 행복함도 삶의 일부분이지만
쓰디 쓴 아픔도 삶의 일부분으로 살아 있음을
여실하게 느끼게 해 준다는,
아니 삶 자체가 아픔을 이겨내는 과정인지 모른다.
그 과정에서 기쁨과 행복이
부차적으로 따라오는 것인지도.
삶의 주는 '행복'이 아닌
바로 '아픔'일지도.

'뜨거움'

굿모닝 뜨거운 아메리카노
액체가 식도를 넘어
가슴으로 퍼지면서
뜨거운 기운이 찾아 온다.

삶에서
나를 뜨겁게 하는 것들,
무엇이 있었을까?

'석양'

석양은 항상 경이롭다.
서서히 붉은 빛으로 세상을 물들이다가
순식간에 사라져 버린다.
그리고
잠시 후 더욱 더 화려함으로 잠깐 부활했다가
완벽하게 사라진다.
마지막 여운을 남긴 채……

일출보다 석양에 더 끌리는 이유는
아마 내 삶이 석양쪽으로
점점 기울고 있기 때문일지도 모른다.
그리고
마지막을 석양처럼
아름답게 마무리 되기를 바라는 것인지도.

'시간1'

나이에 비례하여 정확하게 신호를 주는 건
신체의 노화다.
아픈 곳과 아픈 횟수가 점점 늘어난다.
'노세 노세 젊어서 노세'의 노래 가사가
점점 가슴을 파고드는 요즘이다.
물론 난 엄청 늙고는 있지만.
'시간과 건강함은 기다려 주지 않는다'
결코......,

'소심함'

난 선천적으로 대범함이 부족하다.
소심함.
그러나 이런 소심함 인정하기로 한다.
어쩌면 이런 소심함으로
이렇게 소시민으로 살고 있는지 모른다.
욕심을 조금 버리면서
나를 만족하면서 말이다

'망각'

요즘 깜빡깜빡 하는 횟수가 점점
많아지고 있다.
TV에서 열심히 광고를 해대는
치매보험에 가입해야 되는 건 아닌지
제일 고민중이다.
망각의 힘은 사람이 살아가는 데
필요함은 분명하다.
그러나 그 힘은 선택적이어야 한다.
모든 걸 망각한다는 건
사람의 삶이 아닌
내 자신의 삶이 아닌
1빈 껍데기의 삶일 뿐이다.
지금 나는 두려워지기 시작했다.

`빗소리`

빗소리는 내 마음의 음악이다—.
어떤 날은 고뇌의 음악이고
슬픔의 음악이며
외로움의 음악이다—.
수직적하..... 해며 떨어지면서 내는 화음이
마음을 흔들린다.
비는 공기를 무겁게 가라앉게 만든다—.
그 묵직함으로
기분은 센치하게 된다.
비는 기분을
빗소리는 마음을 수시로 조종한다.
그리고 난 순수히 복종하게 된다—.

'정직'

솔직함과 정직함이
삶의 정답은 아니다.
가끔은 선의의 거짓말이 필요하고
그냥 거짓말도 필요하다.

정직과 거짓의 기준.
그 기준에 얽매일 필요도 없다.
그 기준도 가끔은 헷갈리기도 한다.

'정직 2'

정직만이 정답은 아니다—
그리고 정직하다고 믿었던 것들이
진실이 아닐 수 있기 때문이다.
인간은 환경이나 처한 상황을
본인에게 유리하게 기억하고
합리화 시키려는 경향이 있다—.
정직이라고 믿었던 것이
변명일 수 있는 이유이다.
스스로 양심적이라고 생각하는 사람.
정직하다는 것으로
타인에게 상처를 주는 경우도 많다.
그 양심을 속으로 간직하면 되는데
굳이 꺼내어 타인을 힘들게 한다.
그리고 자기는 정직하기 때문이라고.
정직이 '선'이 아닐수 있는 이유이다.

'심리.'

스스로 무너지는 경우가 많다.
공포는 더 큰 공포를 부르고
걱정은 더 큰 걱정을 키운다.
그러다가 스스로 무너진다.
사람은 생각보다 훨씬 강하지만
한편으로는 훨씬 약한 존재인지 모른다.
그리고 약함을 극복하는 가장 우선순위는
약한 존재라는 걸 인정하는 것이다.

'나는 약하다, 그러나 자주 이겨낸다.'

'익숙함'

익숙함에 익숙해진다는 건
삶에 대한 모독이다.
'익숙함, 넌 나에게 모욕감을 줬어'

모욕감을 씻어내려 낯선 곳으로 여행을 떠났다
흙을 밟고
드넓음 배웠다.
다시 이러한 일들은
익숙함으로 다가오기 시작한다.

이제야
삶은 이런 익숙함의 연속이라는 걸
조금씩 알아가고 있다.
삶이란 이런 모욕감을
이겨내는 것이란 걸
이제는 인정하기로 한다.

'건강'

몸과 마음은 하나인 듯 싶다.
마음은 청춘이나 몸이 아프니
마음 또한 늙어 간다.
'늙었다' 라는 말을 되새기는 횟수가 늘어날수록
몸도 마음도 늙어 간다.

정신을 초월하는 육체가 없듯이
육체를 초월하는 정신 또한 없다.
아니 신체적 노화에 접어들고 보니
육체적 건강함에서 정신적 건강함이
나오는 것 같다는 생각쪽으로
점점 기울어가고 있다.

나에게 주어진 삶
건강하게 살고 마무리 한다는 것이
얼마나 어렵고
또 얼마나 행복한 일인지.

'성격'

사람은 한 가지의 성격으로
이루어지는 존재는 아니다.
소심하다. 내성적이다.
대범하다. 외향적이다.
이러한 성격들이 혼재되어 있다.
양면성을 넘어
다양성을 내포하고 있다.

그래서
'내가 원래 그래'
라는 말은 맞지 않는 말이다―.

'J.S (진상아 죽심)'

그녀가 나에게 'J.S'라고 한다.
'진상'이란다.
난 조용히 중얼거린다.
'죽심'이라고 ......

' 진상이라 쓰고 죽심이라 읽는다.'

' Carpe diem '

꿈을 꾼다
악몽이라고 하기에는 애매하고
기분이 좋지는 않은 꿈
가장 좋은 잠은 꿈꾸지 않고 푹 자는 것이다.
우리는 사람들에게 꿈꾸라 한다.
그러나
내가 생각하는
가장 좋은 삶은 꿈 보다는
지금 현재에 충실한 삶을 사는 것이다.

'일탈'

매일 반복되는 일상들
그 반복성은
시간의 감각을 무디게 한다.
하루, 한달, 한해가 그렇게 빠르게 지나간다
그래서 가끔 일탈이 필요하다.
그 일탈의 시간으로 인하여
지금의 '나'를 돌아볼 수 있고
지금의 '나'가 보인다.

어느덧
비니는 내 트레이드 마크가 되어 있었다.
사람들에게 각인되기는 쉽지 않지만
각인된 순간
그 사람의 상징이 되어 버린다.

'비니, 대니!'

'자유'

구속을 원래 싫어했다.
형식을 벗어나 했다.
삶,
완전히 자유롭게 살 수 없다는 걸
알아가고 있는 중이다.
자기 삶이라고
자기 멋대로
살 수 만은 없음을 알아가고 있는 중이다.

'시간 2'

신이 인간에게 준 공평한 선물.
　　'시간'
누구에게 시간은 소중하고
누구에게 시간은 쓸모없다.... 라고 한다.

살아있는 한 시간은
분명 선물이다.
반복적인 듯 하지만
똑같은 일은 결코 일어나지 않는다.
그 미묘한 다름을 느끼며 산다면
시간이 쓸모없다..... 라는 말은
감히 할 수 없을 것이다.

'추억 2'

기억의 조작.
우린 그것을 추억이라고 부른다.
현재의 아픔도 지나고 보면
한낱 추억이라는 조각으로 머물 뿐.

현자들은 '현재에 충실하라'고 하고
나는 그것이 '어떤 것이냐'고 물고,

인간이라는 존재가 살아갈 수 있는 건
망각의 존재이기 때문이라 하지만
인간이라는 존재가 진정 살아갈 수 있는 건
아름다운 추억이 있기 때문일지도.

'마지막'

'마지막'이라는 말은
언제 들어도 극적으로 다가온다.

삶에서나,
인연에서나
마지막이라고 전혀 생각지 않다가
막상 시간이 지나 마지막임을 알았을 때
오는 그러한 마음들.

후회일수도,
아쉬움일 수도,
공허함일 수도.
평생 가슴에 한이 될 수도 있다.

바로 내가
남을,
인연을 더 소중하게 여겨야 할
이유인지 모르겠다.

'화'

'화'를 참을 수 있는 자.
'화'를 다스릴 수 있는 자.
그는
분명 성자이거나
생각이 없는 자이다.

'운수 좋은 날'

핸펀이 떨어지더니 액정이 깨져 버렸다.
깨진 중심에서 떨려나간 실금의 무늬가
묘한 기분을 안겨 준다.
괜히 내 삶에 금이 간 것 같은
요. 따위. 기분.

과거는 후회한다고 변하지 않는다.
인정하는 그런 마음,
지금 필요하다.

그래서 난 이런 날을
'운수 좋은 날'로 명명하기로 한다.
덕분에
내 삶을 한 번 더 생각하는
순간을 가졌음으로.

'진리'

죽는 꿈을 자주 꾼다.
그때마다 찾아오는 두려움.
그건 사후세계를 누구도 경험하지 못함으로
오는 무지의 두려움이나 생각한다.

생각하면
'누구나 죽는다.' 라는 진리에
좀더 일찍 죽는 것 뿐인데.

'욕심 4'

몸무게가 빠진 후 원상회복되고 있지 않고 있다.
더 홀쭉해진 몸에 가벼움을 느끼면서도
급격한 체중 감소는 건강이상 신호라는데
그번히 한편으로는 걱정도 된다.

삶에서 진짜 빼야 하는 건 몸무게가 아닌
바로 욕심이다.
욕심이라는 녀석의 증식 본능은 장난이 아니다.
인간에게 끈질기게 달라 붙어 떨어지지 않는다.
채우고 채워도 갈증을 호소한다.
욕심을 점점 빼는 일.
내가 평생해야 할 숙제다.
빠진 욕심의 양만큼 삶이 가벼워 짐을 알기에......

'소설'

지금 삶은
내가 주인공으로 나오는 장편소설이다.
과거의 스토리는 나름 파란만장한 삶이었고
다시 고치거나 삭제할 수 없다.
향후 펼쳐질 미래의 스토리는 나도 알지 못한다.
물론 죽음이라는 피하지 못할 결말에 다다르겠지만
미래를 담보로 너무 현재를 양보하지는 말자.
소설은 다시 쓸 수 있지만
삶은 단 한번 뿐이기에……,

'달'

달이 무척 밝고 밝더이다.
달아 달아 밝은 달아
보름달이더이다.
청명한 날씨덕에
더 크게 더 선명하게
둥그라미를 완성했더이다.
'달의 완성'은
이제 '달의 몰락'의 시간이 되었음을……;

완성은 몰락으로
몰락은 또 완성으로
자연스럽게 가는 것이 '자연'이요
또 '삶'이더이다.

'의심'

모호성을 싫어했다.
관계도, 생각도 명확성을 중요시 여겼다.
그로인해 많은 사람들에게
상처를, 아픔을 주는 언행을 서슴치 않았다.
모호하게 관계를 이어가는 것 보다
선명한 관계가 옳다고 생각했다.
'옳은 것을 옳다고 하고 틀린 것을 틀리다고
하는 것이 맞다!'라고 생각했다.
그러다가
내가 옳다고 생각한 것들이
틀렸다가 생각했던 것들이
라연 맞았을까 의심이 들기 시작했다.

죽음

어젯밤 꿈에
내가 죽음을 맞이하는 꿈을 꾸었다.
벌써 죽어야 돼... 라는 억울함과 서운함.
이만하면 나는 잘 살다 간다... 라는
평안함이 교차하는 순간,

꿈에서 깼다.

죽음을 받아들이는 자세
알 것 같다.

'절제'

참으라고 한다.

'인내는 쓰나 열매는 달다'라고 한다.

삶은 이론과 다르다.

참으면 쉽게 보는 사람이 더 많다.

인내해도 열매는 맺지 못하는 경우가 더 많다.

'인간 유전자'

인간은 이기적 유전자를
가지고 있으면서
이타적 유전자 또한
인간만이 가지고 있다고 우긴다.

참, 인간답다—.

'간절함'

간절함이
부족함을 안다.
그러나 그 간절함으로
모든 것이 이루어지지 않는다.

간절함의
다른 이름이
확신감이 될 수 있는 이유이다.

'동정과 공감의 차이'

나와 타자와의 관계를
'입장의 비교함'
과
'입장의 동일함'
으로
바라보는 차이가 아닐까..... 나는.

'삶!'

요렇게 살자

피플 (사람과 함께)
심플 (단순하게)

'취하지 말아야 한다.'

말에 취해 경청하는 걸 잃어 버리고
부에 취해 남의 어려움을 무시하고
눈에 취해 진실을 보지 못한다.

사람은 취하지 말아야 한다.
말에, 부에, 눈에,
자기 잘난 맛에 취하지 말아야 한다.

'꼰대'

자기의 경험을
무조건 옳다고 확신하는 건
꼰대의 기본사실이 있다는 것이다.
그리고
그 경험을 강요하는 건
완벽한 꼰대가 되겠다는 것이다.

'라떼는 말이야_'

'문제'

'세상에 극복할 수 없는
문제란 없다'을

'극복할 수 없는 문제는
그냥 인정하면 된다'로.

'한 발'

글이 글로만,
말이 말로만,
생각이 생각으로만
머문다면 아무 의미가 없다.

한 발을 내딛는 순간
그건
의미를 부여받게 된다.

'용기 4'

'모두가 Yes 라고 할 때
무조건 No 라고 할 수 있는 '

이건 진짜 용기가 아니다.

' 모두가 Yes 라고 할 때
그것이 옳다면 나서는 것 '

공감하고 인정해 주는 것.
'용기' 이다.

'말2'

무거워야 한다고 한다

가끔 착각을 한다

진중함과 침묵의 차이를

불의에 침묵할 것인가

목소리를 낼 것인가.

'당연한 건 없다.'

의심하라

질문하라

변화하라

'통' 하였느냐.

통 중에 가장 좋은 통이 있는데
그것이 무엇이냐 하면
바로 소통이렷다.
위 아래 소통
좌 우 소통
사방팔방 소통.

통 크게 생각하고
통 크게 이해하고
'통, 통' 하면 되는 것이오.

'적자생존?'

'강한 자가 살아남는 것이 아닌
살아남는 자가 강한 자이다'

중요한 건
어떻게 살아남는가가 아닐까.

'아름다움'

'아름답다'의 어원은
'앎'이라고 한다.
알기 때문에 좋은

나는 어떤 사람일까 ?
알지 못함으로 좋은 사람일까 ?
알면 알수록 좋은 사람일까 ?

'공포'

공포는 이성을 마비시킨다.
생존의 본능은 이기심을 자극한다.
'인간을 모두 다 죽는다.' 라는 불변의 진리조차
공포심을 잊게 만든다.
공포영화나 재난영화에서의 주인공은
어렵고 끔찍한 환경에서도 살아 남는다.
가족과 친구 그리고 관계된 사람들 대부분은
사라지고 주인공과 소수만 생존한다.
문득 그 이후의 스토리가 궁금해진다.
주인공은 트라우마를 이기고 잘 살아가고는 있는걸까.

'말 3'

내가 하는 말들이
소리가 아닌
잔소리로 들린다는 건
의사표현의 기능을 상실했다는 의미일 것이다.
소리가 아닌
소음으로 들린다는 뜻일게다.

'관계 2'

교통사고는
자기만 안전운전을 한다고 해서
피할 수 있는 게 아니다.
다른 운전자의 과실로 발생할 수도 있다.
운전하면서 긴장을 풀 수 없는 이유이다.

삶은
자기만 옳은 길을 간다고 해서
문제가 안 생기는 건 아니다.
타인과의 관계로 인하여 갈등이 생길 수 있다.
살면서 겸손과 배려가 필요한 이유이다.

'부자의 정의.'

누구나 부자가 되고 싶어한다.

돈이라는 물건에

지배당하고 있다.

어떻게 부자가 되었는가 보다

얼마나 부자인가가

중요하게 돼버렸다.

착한 부자는 불가능한 일일까.

과정은 중요하지 않은 걸까.

'외모 지상주의'

외모보다는 마음,
내면의 아름다움이 중요하다..... 라고 한다.
당연한 말이다.
그러나 현실에서는 당연하지 않다.
외모로 순위를 매긴다.
외모로 평가를 하면서
마음이 더 중요하다고 하니
설득력이 더 떨어진다
현실과 내가 알고 있는 상식과의 괴리들.

자리감을 느끼게 된다.

'우정'

친구에게 번개 연락이 왔다
밥 한끼 먹자고.
'그러자' 해서 길을 나선다.

점심 후,
하교에서 따스한 봄볕과
간간히 불어오는 봄바람 맞으며
봄산책을 한다.

친구란,
우정이란 이런 것이다.
그냥 편안한 것.

'선입견 2'

선입견에 빠지다.
한 번 빠지면 나오기는 쉽지 않다.
그 사람의 모든 말과 행동이
틀에서 나오지 못하게 한다.
사람의 진정성을 비틀어 보게 한다.
그 선입견은
아주 작은 것으로부터 시작한다.
그리고 확신이 되는 순간
사람과의 관계는 무너지게 된다.

객관적으로 본다는 건 불가능한 일일지 모른다.
한번만 더 생각해 보자
'왜 그런 말과 행동을 하게 되었을까?'
그리고
나도 한번만 더 생각하고 말과 행동을 하자.

'성공'

삶에서 기회라고 하는 것들.
상당히 세속적인 것들이다.
돈을 1번수 있는 기회.
승진할 수 있는 기회.
취업할 수 있는 기회.
우리들이 흔히 성공이라고 생각하는 것들이다.

살면서
세속적인 성공 필요하다.
인정한다.
그리고
안타깝다.

'우물안 개구리.'

사람이란 존재는 대부분 본인의 환경에
익숙해지면 그 세계로 모든 걸 판단한다.
그 세계에 지배당하게 된다.
환경을 벗어나 보는 것.
그래서 여행을 가서 경험하는 것.
책에서 깨닫는 것.
일탈해 보는 것.
생각이 커지는 비법이다.
내가 알을 깨고 나오는……,

· 투기 vs 투자 `

'투자라 쓰고 투기라 읽는다─'

'탐욕', 어쩌면 인간의 본능일지 모른다.
노동의 댓가가 아닌
자본의 투자, 부동산의 투자로
불로소득을 얻는다.
그리고 이 소득을 교묘하게
투자로 포장한다.
제로섬 게임의 투자라 함은
투기라고 부르는 것이 정직하다.

그냥
'투기라 쓰고 투기라고 읽자'

'역지사지'

'역지사지'는
일방이 아닌 쌍방의 관계이다.
그 표현은 상대방이
나를 먼저 이해해 주기를 바라는
마음인지도 모른다.
'나'가 먼저 '상대방'을 역지사지 하는
마음이 있다면 이 문제는 간단히 해결된다.
갈등의 원인이 '너'가 아닌
'나'인지 생각해야 하는 이유이기도 하다.

'더불어'

비가 올 때는 우산이 필요하다.
강렬한 햇볕에는
양산이 필요하다.
그리고 사람에게는
더불어 사는 사회를 향해 나아가는
유산이 필요하다.

'더불어 2'

같이 사는 삶
가치 있는 삶.

더불어 사는 삶
더불로 기쁜 삶.

'습관1'

'악마는 디테일에 있다'고 한다.
사람의 쩨쩨함도 디테일에 있다.
그리고 그 디테일은
습관이 된다.

'정리 2'

정리하는 힘,
어렵다.
주변의 물건을 정리하고
주위의 관계를 정리하는 것.
포기할 수 있는 힘,
정리하는 힘이 필요하다.
그리고
정리 후
있는 힘 또한 필요하다.

'습관 2'

습관은 쉽게 변하지 않는다.
다른 사람을
변화시키는 것은 정말 어려운 일이다.
자기자신을
살짝 변화시키는 것이
사람과 사람과의 관계에서
가장 쉽고
가장 좋은 방법이다.

내게 사랑은 너무 써,
대니

사랑은 의지가 아닌
감정인거야.
영원한 감정은 어려워.
쓰디 쓴 경험이
쌓여가는 이유야.

꿈

꾸고 싶다
악몽이라도
그대가 나오는 꿈을

그대의
얼굴, 몸, 입고 있는 옷까지
기억하고 싶다

곧 사라질 꿈이라도.

'기다림'

상상만으로 행복하다 —.

'그리움'

갑자기 그리운 사람이 있다.
그립다는 건
분명 내 가슴에는
좋은 사람으로 기억되고 있다는 게 아닐까.

나도 누군가에게
그리운 사람이 되고 싶다

'오직 사랑'

사랑을 하면서
마지막을 생각하는 순간,
사랑은 흔들리고
결국은 파국에 치닫는다.

사랑할 때는
그냥 사랑만 생각할 것.

'그리움 2'

불쑥 불쑥
미칠듯한 그리움이 찾아 오면

그리운 사람을
그냥
그리워 하자.

'위로'

사랑에 어울리지 않는 말,
'완벽한'

완벽한 사랑은 없다.
조금은 위로가 된다.

'아픈 일'

잊는다는 것과

잊혀진다는 것.

어떤 것이 더 가슴아픈 일일까 ?

'통증'

사랑후에 오는 통증은 오래 간다.

가슴에 자리잡은 채
쉽게 비켜주지 않는다.
잊으려고 하면 할 수록
사랑의 상처는 더욱 커진다.

'바람이 분다―'

바람이 분다.
사람과 사람 사이에,
바람이 분다.
사랑과 사랑 사이에……,
그렇게 바람이 불어 온다.
나는 바람을 동경한다.
자유롭고 자유로운……,

무장해제

그녀가 걸어 온다
한 점에서
점점 하나의 몸으로 변해 간다
한 점일 때도
그녀임을 단박에 알았다.

점점 흐릿해지는 시력
못하다
그녀의 걸음걸이
그녀의 작은 몸짓마저도
저 멀리서도 보여 진다.

그녀가 다가와
눈웃음을 보낸다
아, 그렇다
오던 느낌
무장해제 되리라는.

'놓아 버림'

사랑은 소유의 개념이 아닌
공감하고 배려하는 마음이라는 것.
그러나 사랑할수록 같이 있고 싶고 또 갖고 싶고
그리고 집착하게 되고,
진정으로
사랑한다면 놓아 버려야 함을
알긴 알지만......,

'사랑은 '

과거도, 현재도, 미래도 ......;

아름답다
아프다
그립다
슬프다

그래도 사랑을 해야 한다.

'미워우니까 사람이다'

분명 난 사람임에 틀림없다.
불쑥 불쑥
미움이 찾아오는 걸 보면.

'주어'

사랑해서는 안 되는 사람이 있다.
사랑할 수 밖에 없는 사람이 있다.
'사람'
'사랑'
아,
'나'라는 주어가 빠져 있음을 알았다――.

'미련'

잊겠다고 스스로 다짐하는 건
잊을 준비가 아직 되어 있지 않다는 것이다.
가슴에서
그 사람이 아직 많이 남아 있다는 것이다.

'상처보다 깊은 사랑'

사랑하는 사람을 잊기 어려운 이유는
상처를 받았기 때문에
아니면
상처를 주었기 때문에
아니다.
사랑했기 때문이다.

'의심, 관심'

의심의 다른 이름은
관심인지도 모른다.
누군가에게
관심이 없다면
어떤 문제에
관심이 없다면
의심자체도 없다.

단지 무관심만 있을 뿐이다.

'중심'

사랑하는 사람들

미워하는 사람들

그 중심에는

바로 '나'가 있음을 ......,

밤

밤에는
누군가를
그리워 해야 한다.

밤의 적막함은
밤의 깜깜함은
오직
한 사람을 위한 연출이었다.

밤은
너만을
위한 시(時)이다.

이 시는
너만을
위한 시(詩)이다.

'설렘'

설렌다는 건
아직
젊다는 것.

"나만 바라봐"

사랑은 철저히
이기적인 감정인 지 모른다.
오직
나하고만 이야기하기를,
나하고만 마주 하기를,
나하고만 있어 주기를

'나만 바라봐' 주기를.

`거리`

사람과 사람사이의 거리.
서로가 동의하지 않는 한
지켜야 할 거리가 있다.

'이것 또한 지나가리니'

영원한 것 같은 사랑도
절대적일 것 같은 사랑도
변하고 지나간다.
이 짧은 삶에
사랑하는 사람이 있었다는 사실만으로
감사해야지.
그렇게 사랑도, 인생도
지나가게 되어 있으니.

'상처'

내편의 상처는
더 오래
더 크게 남는다.
사람 또한 가까운 사람에게
받은 상처는
더 깊게 남는다.

`사랑하는 방법`

사람을 사랑하는 법,
난 잘 모른다.
사랑하는 감정에 방법이 필요한 걸까?
그냥 솔직히 표현하고
마음에 없는 말로 상처주지 말고
사랑하는 사람을
그냥 사랑하는 것.

'사랑은 2'

사랑은 언제나 오래 참고 온유하다.
난 이 명제를 과감히 반대한다.
사랑은 참을성이 많지 않다.
보고 싶고 또 보고 싶고,
자꾸 묻고 또 대답을 듣고 싶고.
사랑은 계속 확인하기를
확인 받기를 원한다.
사랑하기에 말을 하지 않아도 이해한다는......,
이건 착각이다.
표현을 해야 사랑은 더 깊어가는 것이다.

사랑은 온유하지 않다.
사랑은 더 격렬하다.
더 상처를 주고
상처를 받기도 하고......
그 치열함 또한 사랑이다.

'유한성'

삶의 마지막은 죽음,
사랑의 마지막은 이별.
이 유한성으로 인해
아픔을 겪지만
이 유한성으로 인해
소중함도 안다.

반

지금 넌
반..... 이었다.
내 심장의 반을
내 생각의 반을
점령하고 있었다.

지금 넌
반..... 짝이고 있었다.
언제나
어디서나
빛나는 너만 보였다.

지금 난
반..... 했다.
너의 모든 것
아니 그냥 너가
반하게 했다.

'사랑의 감정'

절제,
감정의 절제,
우린 이렇게 해야 한다고 말한다.
이성적으로
절제함으로

난 단호히 반대한다.
감정의 표현
난 이렇게 해야 한다고
본능적으로
표현함으로.

'표현'

사랑해도 사랑하지 않는다고
말을 해야 할 때가 있다고 한다.
사랑하기 때문에 떠나야 한다고
할 때가 있다고 한다.

그냥
지금부터는 솔직해 지기로 한다.

'시절인연'

시절인연이라는 말처럼
모든 인연에는
오고 가는 시기가 있다.
그 시기를
억지로
만들지도, 붙잡지 않기로……,

'자격'

사람이 사람을 사랑하는데

자격이,

이유가 있는걸까?

'그리움 3'

그리움이라는 단어는
두 가지 예술로 표현된다.
선으로 그리고 선으로 쓴다.
그리운 사람들.
보고 싶다는 생각이 점점 많아지는 요즘이다.
분명 나이를 먹어 간다는 방증일 것이다.
바쁘게 살면서 잊고 지냈던 것들.
그리워 진다.

집착 1

사랑은
서로의 마음이지만
집착은
일방의 마음이다.
집착 또한 사랑이 기반이지만
다른 한편으로는
자기 합리화다.

사랑이 쉬운듯 하지만
어렵고 어려운 이유이다.

'좋은 사이'

오랫만에 만나도 어색하지 않게

멋적은 웃음으로 만날 수 있는 사이.

그냥 잘 있었느냐는 말로

어색함이 사라지는 사람들이

많았으면 좋겠다.

'집착 2'

사랑과 집착사이.
끈기와 집착 사이.
그 간극은 정말로 미묘하다.
사랑이 집착으로 변하는 순간
그 사랑은 파괴된다.
끈기가 집착으로 변하는 순간
그 끈기는 부정된다.

계절은 애써,
대니

계절은 자연스럽게 흘러가.
애써
붙잡을려고
막을려고 할 필요가 없어.

'봄, 꽃'

봄은 역시 꽃이다.
봄이 와서 꽃이 피는 것이 아닌
꽃이 피어 봄은 온다.
그냥 기분좋게 만드는 ......,
눈으로 기쁨을,
향기로 기쁨을,

꽃은 봄이자 바로 기쁨이다.

'봄바람'

원인은 바로 꽃이었다.
꽃의 흔들림으로 내 마음마저 흔들렸다.
꽃세움바람은
기어이 내 마음에 봄바람을 일으켰다.
참 곱고 곱도다.
봄꽃은 각자의 화려한 색을 선보인다.
자기만의 색을 가지고 있다는 건
분명 부러운 일이다.

'화무십일홍 권불십년'

꽃이야 피었으면 됐지.
권세야 누렸으면 됐지.

한번 뿐인 삶.
모질게 사는 것도
나쁘지 만은 않은 것 같다는......,

'흔들리다'

봄, 꽃, 그리고 춤
참 나름나름 어울리는 단어이다.
단 하나의 글자로 되어 있지만
사람 마음을 흔들리게 하는 묘한 매력이 있다.

흔들리지 않고 오는 봄이 어디 있으랴
흔들리지 않고 피는 꽃이 어디 있으랴
흔들리지 않고 추는 춤이 어디 있으랴
그 흔들림을 주는 바람, 바람, 바람들.

봄바람이 사람마음을 흔들리게 하고
꽃바람이 사람시각을 흔들리게 하고
춤바람이 사람감각을 흔들리게 한다.

이러한 바람 바람 바람들은
삶을 신·바·람 나게 한다.

삶,
흔들림을 멈추어 버릴 때
그 삶은 삶이 아니다.

'행복한 사람'

봄바람
살랑 살랑 맞으며
마시는 봄모닝 커피 한 잔.
딱 지금 이 순간만큼은
나는 정말 행복한 사람.

'이 세상에 그 누가 부러울까요
난 지금 행복하니까'

`생명`

난 단어의 익숙함에서
그 단어의 연관성을 발견하곤 한다.
영어의 spring이 스프링처럼
모든 생명들이 튀어 오르는 계절이듯이
우리나라의 봄은 온통 모든 강산의 색감을 넣게 만든다
수시로 변하는 색을 보고자 하는 의지가 아닌
그냥 자연스럽게 보게 되는 것이다.
봄을 그냥 봄으로 봄을 만끽하게 된다.
봄은 생명의 부활을 화려하게 알리는 계절이다.
이러한 원초적인 색은
또 다른 생명의 탄생으로 이어진다.
생명의 이어짐,
그렇다.
모든 것들은 이렇게 연결되어 있다.

'비 오는 날의 수채화'

비 온 후의 상쾌함과 깨끗함은
인간들만의 특권은 아니었다.

주황색 석류꽃에도
따뜻따뜻한 장미잎에도
심지어
거북줄에 까지
비 오는 날의 수채화를 그려졌다.

'독서의 계절'

여름을 젊음의 계절이라 했다.
여름을 사랑의 계절이라 했다.
그러나
나는 여름을 독서의 계절로 하기로 했다.
난 분명
젊지 않으며
사랑할 힘도 없으나
조그마한 선풍기가 있고
쌓아놓은 책들이 있으니.....

시원한 선풍기 바람맞으며 책을 보는 계절.
보다가 잠이 오면 책이 베개가 되어
낮잠을 잘 수 있는
완벽한 백수의 계절,
여름이라 하겠다.

'카페로부터의 사색'

제5의 계절이 찾아왔다.
장마의 계절
시원스럽게 쏟아 붓는 장맛비가
내 마음속의 찌꺼기까지 씻어내 주길 바래본다.

하늘 또한 무거움이 싫어 비로 덜어 내고 있다.
그 무거움은 대지를 적시고
커피향을, 맛을 묵직하게 만든다.

난 가벼움을 선호한다.
몸도, 마음도, 삶도 가벼워야 한다고 스스로 세뇌시킨다.
그러나 그 가벼움 또한 상대성이 없다면
깨닫기 어렵다.
그래서 몸이, 마음이, 삶이 무거워지는 경험을 통해서
가볍게 산다는 것이 어떠한 의미인지를
스스로 찾아가고 있는 중이다.

' so hot '

익·는·다.... 나는 표현을 쓰지 않을 수 없다.
강렬한 햇볕이
뜨거움을 넘어서 따가운 기운으로
대지를 핫하게,
나무를 핫하게,
그리고 내 살갗마저 핫하게 만든다.

열·대·야.
바람 한 점 없는 한 밤을 무사히 보낸 댓가는
열·대·오·를
다시 버티는 것이다.

그러나 나는 알고 있다.
자연이나 삶이나
결국에는
'이것 또한 지나가리라' 는 것을......

'변화'

여름이라는 단어는
나에게 두 가지의 이미지를 떠오르게 한다.
'열'... 뜨거운 열기로 더운 계절.
'열매'... 봄의 꽃이 열매로 변하는 계절.
어감의 비슷함 때문이 아닐까.

나에게도 큰 변화가 있다.
핫아 (핫 아메리카노) 에서
아아 (아이스 아메리카노)로 변하는 계절.

이열치열을
단호하게 거부한다.

모기와의 전쟁 1.

모기 한 마리만 같은 방에 동거하여도
잠 못 이루는 밤이, 밤이 된다.
급격히 찾아온 노안의 시력으로
모기 나는 소리를 최대한 들으려는 청각의 감각을
높인 상태를 유지한 채
인내를 가지고 기다리는
그러한 수고를 마다하지 않고
기어이 모기를 생포가 아닌 사살확인 후 잠이 든다.

그런데
그 다음 날 밤,
또 다른 모기가 출현한다.
인해전술과 막 먹는 물해전술인가
아, 나에게는 손바닥과 널브러진 책이
유일한 무기인데
드디어 생화학 무기를 준비할 때가 되었나 보다.

'모기와의 전쟁 2.'

새벽에 본능적으로 느껴졌어.
팔꿈치와 볼따각가 마구 간지러운 거야.
요건 가을 모기것이 분명하다는 본능적인 촉이 왔어.
불을 키고 모기의 소리와 움직임에 초집중.
오호. 요 모기가 나름 초고수인지라 꿈쩍하지 않네.
원래는 포기의 달인인 나이지만 피 같은 피가 아닌
진짜 피를 헌혈 당했는데 끈기를 보여야지.
대대적인 수색작업에 돌입.
어두운 벽구석에서 까만 목표물을 발견,
이 희열이란 무엇에 비유할 수 있으리오.
기회는 오직 단 한 번뿐이다.
원샷원킬로 반드시 잡아야 한다는 불굴의 의지로
과감한 스메싱.
내게 뽑아간 빨간 피를 보이면서 장렬히 전사한 모기.
아. 나는 기어코 새벽에 살생을 행하고 말았으니......

기쁨보다는 왠지 모를 슬픔이 올라왔다.

'산책'

기운이 남다르다.
여름의 기운은 이제 저물어 가고 있음이 느껴진다.
가을의 기운은 이미 넘어오고 있음을······,
여름은 자기의 자리를 가을에게 내어 주어야 한다.
그러나 섭섭해 하지는 않을 것이다.
내년에 다시 자기의 자리가 돌아올 것을 알기에.

조그마한 호수를 걷는다.
늦은 밤, 홀로하는 산책의 시간은
그리운 사람을 더 그립게도 하고
사색을 선사하기도 한다.

그래서 오늘 밤,
나는 산책을 한다.

'바람불어 좋은 날'

시원한 초가을 바람이 내 몸을 관통한다.
바람불어 좋은 날이다.
아직은 진록색의 나뭇잎이
내 마음을 유혹하듯 흔들흔들......,
그리고 내 마음도 흔들흔들......,

하나의 나뭇잎만 흔들려도
우주가 흔들린다는데
수 만개의 나뭇잎이 흔들리는 지금,
나는 무엇에 흔들리고 있는 것일까.

'가을 요녕'

가을이라는 계절에만
어울리는 단어가 있다.
'가을가을' 함을 느꼈다.
가을 요녕
드디어 내 오감을 자극하기 시작한다.

'자연의 법칙'

가을이 가을이 스멀스멀 시나브로 다가오고 있다.
가을바람과 가을냄새다 가을느낌.
아! 그렇다.
시간은 어쨌든 흘러간다는 진리를
다시 한번 상기하게 된다.
사람들에게 평등하게 부여된 것.
바로 시간이다.
하루 24시간은 누구에게나 공평하게 부여된다.
그리고 그 시간은 오직 직진만 있을 뿐이다.

낮에는 매미우는 소리
밤에는 귀뚜라미 우는 소리,
그 소리의 팽팽하던 평형이 무너지고 있다.
수년간 유충시절의 기다림 끝에 얻은 매미의 삶,
한달간의 생존과 종족번식 본능을 위해
힘차게 울었던 그 힘을 잃어가고 있다.

그렇게 여름은 서서히 지고
가을은 서서히 다가오고 있다.

'가을…. 하늘이 참 이쁘다.'

하늘이 아름다운 이유는 구름이 있기 때문이라 했다.
하아얀 구름이 피어난 도화지에
수채화를 뿌려 놓았다.
파랑과 하양만으로
가장 아름답고 자연스러운 작품이 된다.

'하늘을 우러러 한 점 부끄럼이 없기를'
시가 생각나는 시절이다.

'감성 자극'

자연은 붉음의 막바지로 타오르고
나는 가을을 타고 있다.
가을이기에 이해가 되고
가을이기에 충분하다.

가을에는 감성이 흔들거려야 한다.

'색의 향연'

가을.
색의 절정속으로 치닫고 있다.
봄이 생명의 시작을 알리는 색깔의 화려함이라면
가을은 생명의 끝을 알리는 화려함이다.

삶,
살아있을 때 아름다워야 한다.
그리고
죽음 또한 아름답게 마감해야 한다 ─.

'So cool'

상당하다.
차가운 공기,
싸다주에 접촉하자
온몸으로 차가움이 순식간에 전염되어 버렸다.
so hot 보다
더 무서운 것이
So cool 임을 다시 느끼는 순간이다.

So cool를 치료할수 있는 건
뜨거운 아메리카노 한 잔이면 충분하다.
커피의 액체가 입술에 닿는 순간
내 몸은 다시 따뜻함이 스며든다.

'가을의 기도'

가을은,
아니 늦가을은 전쟁을 치른 폐허이다.
들판의 풍요로움도
가을단풍의 화려함도
순식간에 허전함으로 뒤바뀐다.
허한 풍경은 마음마저도 허하게 만든다.
가을이
왜 '고독'이라는 단어와 가장 어울리는 계절인지
왜 '가을의 기도'라는 시를 읊조리게 되는지......

' 가을에는
기도하게 하소서
낙엽들이 지는 때를 기다려 내게 주신
겸허한 모국어로 나를 채우소서 '

'겨울맞이'

아침에 처음 듣는 곡이
하필 '가을 우체국 앞에서'라니
'이 세상에 아름다운 것들이 얼마나 오래 남을까'
라는 가사에 그냥 가슴이 시린 아침이다.
갑자기 추워져 버린 날씨와 겨울을 알리는 바람에
하룻밤 사이인데도
나뭇가지는 앙상함으로 변해 있었다.
가을, 이제 보내주어야 할 때.
겨우 겨우 겨울은 오고
나 또한 겨우 겨울을 맞이할 준비를 하고 있다.

'쉼표'

겨울은 쉬는 계절이다.
죽은 계절이 아닌 휴식의 계절이다.
봄, 여름, 가을 내내 달려온 생명에게
쉼표를 주는 겨울이다.
사람에게도 쉼표를 주는 시간이 필요하다.
겨울같은 시간,
다시 나아가기 위한 휴식의 시간.

'준비 중'

겨울은 계절의 끝자락이라
우리는 부른다.
봄. 여름. 가을. 겨울.
그러나 겨울은 계절의 시작일 수 있다.
새 해 1月은 겨울의 절정 시절이다.
준비하고 있는 것이다.
다시 생명의 시작을 보여 주기 위해
숨을 고르고 있는 것이다.
얼어붙은 대지 속에서도 생명의 끈을
꽉 잡은 채 비상하기 위해
겨울은 준비하고 있는 것이다.

˚각자의 색˚

이제와 전혀 다른 세상이 펼쳐진다.
온통 하얀색이다.
흰눈이 모든 것들을 덮어 버렸다.
나는 가장 원초적이고 순수한 색이 흰색이라고
생각한다.
그 순수한 색은 시간이 지남에 따라 불연의 색을
잃고 점점 더러움으로 변해간다.
바로 삶처럼.
모든 색의 합은 검정색이다.
살면서 하나 둘씩 색이 덧칠해지면서 점점
세속적으로 살아가게 된다.
삶은 그러한 것이다.
태어날 때의 색은 순수한 흰색이지만
마지막은 각자의 색으로 맞이 한다.
어떤 색으로 맞이 하는가는
오롯이 자기만의 책임이다.

여행 중 써

대니

여행은 설렘이야.
그 느낌을
글로 쓴다는 건
설렘을 되살리는
묘약 같은 거야.

떠나고 싶다,

배낭 하나 달랑 메고……,

'여행의 이유'

여 (행의 이) 유는
자 (기의 이) 유를

찾아 떠나는 것.
그리고
돌아오는 것.

'자기의 이유'

여행에서 찾은 자·유. (자기의 이유)
타인을 벗어서 나를 돌아보고
관계의 단절로 나를 알아보고
다시 돌아오는
관계속의 '나'를 찾는다——.

'여행은 사람공부이다'

여행은 멋진 풍광과 함께
문화를 보는 것이다.
거기에 사는
사람을 보는 것이다.

'진짜 '나')

낯선 곳에서
낯선 '나'를 발견한다.
그 낯설음이 진짜 '나'일까?
현실로 돌아온
'나'가 진짜 '나'일까?

'낯섦'

낯섦에서 편안함을 느끼다.
여행을 떠나는 이유 중 하나이다.
아무것도 내세울 것 없는 나이기에
아무것도 내세우지 않아도 되는
낯선 곳이 편안함을 안겨 준다.
나는 그 곳에서는 여행자 중 겨우 한 명일 뿐이다.
사람을 판단하는 기준이 적용되지 않는다.
그냥 하고 싶은 대로 할 수 있는 자유.
순수한 내가 될 수 있는 자유.
여행의 이유이다.

'공통언어'

다른 나라에 왔음을 금방 느낄 수 있는 건
색다른 풍광일 수도 있지만
다른 언어(말)가 들림으로 난 깨닫는다.
언어의 다름은
분명 심적으로 위축을 안겨 주지만
가장 중요하고 통하는
몸짓의 언어가 있음을 알았다.
그건 바로
'웃음' 이었다.

'지구는 살아 있다'

살아 숨쉬는 화산은
너무나 경이롭고
너무나 아름다우며
자연의 위대함에
나라는 존재는 너무너무 작아진다.

'이유'

'사막이 아름다운 이유는
어딘가에 우물이 숨어 있기 때문일거야.'

삶이 아름다운 이유는 무엇이 숨어 있기 때문일까?
사랑,
희망,
행복.
누구나 생각하고 있는 삶의 우물은 나름나름이다.
내 숨어있는 삶의 우물은 바로 '사람'이다.
내 곁에 있는 사람으로 인해
내 삶은 아·름·답·다.

〈반영〉

내가 집착하는 피사체 중 하나인 반영
데칼코마니 기법처럼
완.벽.한... 이라는 단어에 어울린 듯한
반영의 아름다움을 만나다─.

내 삶의 반영이 문득 궁금해진다─.

'안개'

안개가 짙은 아침이다.
안개는 시야를 어렵게 만든다.
그 시각의 감소는 사람의 마음까지 흐리게 만든다.
그러나 익숙한 길은 이런 안개의 방해에도
정확히 찾아가고 있는 나를 발견한다.
익숙하다는 것은 그런 것이다.
두려움보다는 편안함을 주는......,

안개가 잔뜩 가라앉은 낯선 길을 갈 때는
분명 편안함보다 불안감이 더 크게 자리 잡는다.
내가 지금 살아가고 있는 삶.
과거는 그 어떤 불행도 추억으로 포장하여 담담하게
말을 할 수 있지만 미래는 알 수 없음으로 불안감이
찾아옴은 어쩔 수 없는 사실이다.
안개가 자욱한 저 길 너머에 무엇이 있는지 알 수 없는 것과
마찬가지로 내 미래에 '나'가 어떤 '상황'이 오는지
알 수 없기 때문이다.

'바다—'

모든 것을 받아들여
바다라 한다고 했다.
표현할 수 없는 바다의 색깔.
바다는
그렇게 색마저도
완벽하게 받아 들였다—.

'고비사막'

'물이 없는 곳'이란 몽골어에서 '고비'는 시작되었다.
달리고 달려도 끝이 없는 사막.
저 멀리서 호수의 물결이 출렁거린다.
가까이에 다다르면 그건 물결이 아닌 신기루였다.
잡힐 듯 잡히지 않는 신기루는 바로 우리 삶에서의
욕심의 다른 표현이 아닐까.
지금 중국의 영토의 틀을 갖게 만든 몽골제국은
중국 내 몽골자치구나 고비사막이 국토의 대부분을
차지하는 몽골리아라는 나라로 남아 있다.
과거 화려한 제국의 영광은 찾아볼 수 없다.

역사적으로 우리가 영웅이라 불렀던 사람들.
징기스칸, 알렉산더, 나폴레옹 그리고
고구려의 광개토 대왕……,
자기 나라의 영토를 최대한 넓힌 사람들이다.
정복과정에서 수 많은 사람들이 죽어 갔다.
땅의 크기로 영웅으로 불리우는 것.
너무 자본주의적 시각이 아닌가 하는 생각이 든다.
인류의 진정한 영웅은 전쟁을 일으키는 사람이 아닌
평화를 위해 사는 사람들이어야 한다.

'삶의 화산'

누구에게 화산은 여행의 일부이고
누구에게 화산은 삶의 전부였다.
유황의 지독한 냄새와 연기속에서도
생계를 위해 80kg의 무게를 견디어 내는 사람들.
그 하루의 댓가는 1만원이 채 되지 않는다.

내 삶이
갑자기 부끄러워졌다 ㅡ.

'쿠바의 색'

쿠바는 색의 나라이다.
원·색·이 그대로 살아있는 나라.
화려한 담벼락과 자동차의 색감에 반하고
쿠바 자연의 색에 반하고
쿠바 음악 색에 반하고
쿠바 춤색에 반하고
쿠바 사람들, 그들만의 독특한 색에 반하다.

'살사 추다'

춤사표를 던지다.
아니
춤사표를 던지다.
라틴살사를 시작한 지 겨우 2년.
살사의 본고장
쿠바에서 맘껏 흔들다.

'세상의 끝'

땅끝 마을 우수아이아.
날씨가 변덕이다.
비 오다가 눈 오다가 잠깐 해를 보였다가.
버라이티한 날씨다.
100년이 넘은 카페에 들러
커피 한 잔을 마시는 호사를 누린다.
그리고 대한민국 광주광역시에 있는
내 가족에게 엽서를 쓴다.
그 엽서를 우체국에 가서 부치자
괜지 뿌듯한 느낌이 든다.
아메리카 대륙의 가장 아래 끝 마을에서
온 엽서. 할 건 다 한다.
그리고 이 극적인 칠모의 밤에 알코올이 없다는 건
낭만이 없다는 것일 것이다.
와인과 맥주로 우수아이아 밤에 취한다.
무사히 귀국.
그 엽서 또한 보름 후에 무사히 도착했다—

'편견'

파키스탄은
'과격' '테러'와 같은
부정적인 단어가 연상되는 나라이다.
그러나
그 곳도 똑같은 사람들이 사는 곳이었다.
따뜻한 정과 유쾌한 감성이 살아있는.
전혀 다른 아름다운 풍광에 빠져 들고
순수한 호기심과 배려를 보여준
그들에게 빠져 들었다.
'편견'
함부로 가져서는 안됨을
다시 한번 느끼다——.

'멕시코 '망자의 날' 축제'

해골이 두려움의 대상이 아닌
친근함의 대상이 될 수 있음을,
망자가 잊혀지는 존재가 아닌
축제로 소환이 가능함을
멕시코는 알려주고 있다.

'잉카의 슬픈 운명'

내 여행의 버킷리스트였던
마추픽추.
와이나픽추에서 내려다 보인
그 곳에서
잉카제국의 영광과 쇠퇴를 마주하다.
영원한 번영은 없다.
영원한 삶은 없다.

'조지아 므쉬울리'

자연은 여전히
아름다움을 뽐내고 있고
대니는
나름나름
인생샷을 남기다.

'도시, 부산'

부산은
부산만의 매력이 있다.
색이 확실한 도시이다—

'우유빛깔 우유니.'

해발 3,600미터 넘는 곳에
끝이 보이지 않는 소금사막이 펼쳐진다.
아주 옛날 옛날에는
이곳이 바로 바다였다는 방증이다.
현재 우리별 지구에는 이렇게
고지대에 소금사막이 많이 존재한다.
지구가 살아 숨쉬고 있다는 것이다.
이 숨쉬는 행성을 괴롭히는
유일한 생명체가 부끄럽게
내가 속해있는 인간이다.

우유니 사막의 풍경은 너무나 경이롭다.
그리고 아름답다.

'랜드마크'

여행지에
랜드마크가 있다는 건
분명 매력적이다.

사람에게
자기만의 색이 있다는 건
분명 매력적인 일이다.

'본능적으로'......

왠지 날 것의 느낌이 있다.

동물적인 감각 이미지.

본능적으로 위험을 감지하고 본능적인 운동 감각을 가지고 있다는 등......

모든 생물은 본능적으로 살아간다.

배고프면 먹이를 찾고 사랑을 찾아 짝짓기로 종족을 번출하고

그렇게 살아간다.

그런데 그 모든 생물의 본능에서 탈피한 한 종이 등장한다.

사피엔스의 등장은 본능은 죄악이고 이성만이 선이라는

뭔한 법칙을 만들었다.

도덕이라는 사회적 질서를 만들고 법이라는 강제성을 만들어

스스로 진화한 생물이라고 자부하면서 살아간다.

곰곰이 생각해 보니 도덕과 법은 누가 만들었을까.

아마 지도층이었을 것이다.

아마 권력층이었을 것이다.

권력을 유지하기 위해서는 사람의 본능을 통제해야만 했을 것이다.

본능이란 억압되면 당연히 폭발할 것이므로 그 모든 것들은

이성이라는 틀안에 가두어 둘 필요가 있지 않았을까 생각해 본다.

지금 현대사회에도 더 이성적인 사람들은 사회적 약자들이다.

도덕과 법을 꼭 지켜야 한다고 생각하는 시민들.

그러나 권력자들은 그렇게 생각하지 않는다.

그들은 도덕과 법위에 그들이 존재한다고 생각한다.

'너 아름다움의 끝'

세상은 넓고 모르는 나라는 많다.
그리고 아름다운 나라도 많다.
처음 들어 보고
처음 가 볼 나라.
벨리즈.
황홀한 블루홀과
어떤 물감으로도 표현하지 못한 바다색감.
자연이 가장 아름답고 위대한
예술작품임을
다시 한번 확인시켜주는 곳이었다.

'벨리즈, 너 아름다움의 끝은 어디니?'

'내 행운의 색은 블루이다.'

모로코 쉐프샤우엔의 코발트 블루에 반하다.
원색적인 색은
자극적이면서 본능적이다.
난 이러한 강렬한 본능을 좋아한다.
눈이 시리도록 파란......,

'오, 사하라'

낙타를 타고 사하라 사막을 가로지르는 길,
사하라의 모래 비바람이 내 싸대기를 사정없이 내리친다.
내 뒤에 있던 끈끈한 연인,
너무 아름다운 곳이라고 감탄사를 남발,
뒤돌아 보며 진짜? 라고 묻는 순간
사하라의 한 주먹 모래알이 내 입속으로 무단침입한다.

이러한 비바람은 밤이 되자 언제 그랬냐는 듯
1천이 보이기 시작한다.
사막에 누워
고작 한 잔에 취하고
1별 하나에 취하고
달빛에 취하고
아름다운 사하라의 밤에 취해 버렸다.

'모레노 빙하—'

TV 자연 다큐에서 본 풍광이 눈앞에 펼쳐진다.
압도 당하고 만다.
푸르스름한 빙하의 색에 빠져 들었다.
김밥으로 점심 준비 후 빅아이스 트래킹 출발.
두 명의 전문가이드가 동행한다.
크레바스에 대한 겁을 잔뜩 준 후 자기들이
가는 길을 그대로 따라오라고 한다.
빙하 구덩이 속에 갇혀 있는 눈이 시리도록
파아란 물을 본 순간.
그 아름다움에 나도 모르게 빨려들 것 같았다.
너무나도 밝고 치명적인 색감에 정신이 아찔하다.
그 물을 한 모금 마시는 순간, 번쩍 정신이 돌아온다.
45도 각도의 빙하를 나보고 내려오라고 한다.
me? 하필 나란,
겁이 없지만 가오와 허세의 덩어리.
최대한 흔들거리는 다리를 진정시키며 내려오는데 성공.
티를 숨기며 뭐 이쯤이야 하는 표정 보여준다.
트래킹의 피날레는 빙하의 얼음이 들어 있는
위스키 원샷.
너무나 즐겁고 황홀한 경험이었다—

'조지아 카즈베기.'

너무나 아름다운 곳이다.
조지아 나라의 관광소개 책자의 단골 모델인 곳.
그러나 신은 분명 나를 사랑하지 않음이 분명하다.
카즈베기의 파란 하늘을 허락치 않는다.
내 삶을 조용히 되짚어 보니 충분히 수긍이 되었다.
산 중턱에 외박하게 세워진 게르게티 수도원.
신을 사랑하는 그들의 마음이 느껴졌다.
간간히 내리는 비와 함께 걸어 간다.
나름 운치가 있다.
모든 건 생각하기 나름이다.

떠나는 날 새벽
드디어 맑은 하늘을 선보인다.
세수도 하지 않은 채 카즈벡 산을 향해 올라간다.
떠오르는 태양에 반사되는
설산의 위용이 눈앞에 펼쳐진다.

다행히
산은 나를 완전 버리지는 않았다.

'오래된 미래'

인도 라다크.
샹그릴라라고 전해져 내려온 곳이다.
풀도 자라기 어려운 건조한 지방이
왜 천국으로 불리어 졌을까?
풍광의 아름다움보다
더 아름다운 사람들이 사는 곳이기 때문이 아니었을까
자급자족 경제나 공동체 생활을 이루고 살아왔던
이들에게도 변화의 바람이 불어왔다.
관광으로 개방되면서 수 많은 외지인들이
찾아오기 시작했고 '돈의 맛'에 물들어져
서서히 정체성을 잃어가고 있는 중이다.
인간이 편의로 만든 창조물 '돈'이
이제는 인간을 지배하고 있다.
라다크의 미래는 어떻게 변할까?
다시 과거로의 회귀는 어려울 것이다.
서서히 물들어 가기만을 단지 바랄뿐이다.
아주 아주 서서히,
천천히,
느리게......

'고흐의 슬픔'

생애에는 가난과 고난으로
버티었던 화가, 빈센트 반 고흐.
그리고 사후에 가장 유명한 작가로,
가장 사랑받는 작가로 다시 태어나다.
그의 묘지가 있는 오베르에 가다.
그의 마지막 작품의 배경이 되는
오베르 교회는 아직도 그 자리를
꿋꿋히 지키고 있었다.

삶과 죽음.
'호랑이는 죽어서 가죽을 남기고
사람은 죽어서 이름을 남긴다' 라고 했다.
난 그저 살아있는 동안
좀 더 재미있는 일이, 즐거운 일이
하나라도 더 생겼으면 좋겠다.
이름을 남기기 보다는......

'국내여행의 장점'

낯섦은 똑같이 다가온다.
장소와 사람들.
그리고 나를 드러내지 않아도 되는 편안함
이건 해외에 있을 때와 같다.
국내여행의 장점은 원활한 의사소통.
말이 통하지 않음으로의 불편함이 없다.
음식이 잘 맞는다.
그 지역에 맛있는 음식을 골라 먹을 수 있다.
교통의 편리함.
어디든지 금방 찾아갈 수 있다.
통신비의 걱정이 없다.
언제 어디서든 와이파이가 팡팡 터지고
지인들과 수시로 연락이 가능하다.
가만 이건 장점이 맞나?
시차적응의 걱정 또한 없다.
그리고 술 애호가인 나에게는
그 지역의 소주를 맘껏 마실 수 있다는 것이
가장 큰 장점이라 하겠다.

기필코

처음의 손글씨를 펜으로 써 내려 갈때는 정성이 분명 있었다.
쓰면 쓸 수록 글씨는 삐뚤어지고 점점 정성이 빠지게 된다.
초심을 유지한다는 건 이렇게 어려운 일이다.
글을 쓰는 건 나에게 習慣적인 일이다.
SNS를 통해 글을 올리고 아주 가끔은 공유하기도 한다.
그리고 좋은 글이나 시는 수시로 필사하기도 한다.
필사한 글을 아는 사람에게, 좋아하는 사람에게
선물하기도 한다.
백수의 가장 큰 장점인 시간이 많음으로 이런 여유와 기쁨을
얻는다.
내 글을 천천히 읽어 보았다.
다시 갈등이 생기기 시작한다.
이러한 글과 글씨를 누군가에게 공개한다는 것이
부끄럽게 느껴진다.
뻔뻔함으로 나는 무장되어 있다고 자신했는데
역시 인간은 복잡다단한 존재인 게 맞는 것 같다.
처음은 누구나 어렵고 두렵다.
그래서 우린 변화보다는 익숙함에 만족하면서
사는 건 지도 모른다.
처음의 경험을 많이 한 삶은 후회가 더 없는 삶이라고
믿고 있다.
처음 내 글을 세상에 선보인다.
이런 내 무식함(무식하면 용감하다)을 이해해 주기를
바라본다.

데니.

그냥 써, 대니

초판 1쇄 2020년 5월 27일

지은이 | 대니
펴낸곳 | 문학여행
발행인 | 고민정
주 소 | 서울특별시 중구 을지로 14길 20, 5층
홈페이지 | www.bookjour.com
이메일 | contact@bookjour.com
전 화 | 1600-2591
팩 스 | 0507-517-0001
원고투고 | edit@bookjour.com
출판등록 | 제2017-000048호

ISBN 979-11-88022-31-1 (03810)

문학여행은 출판그룹 한국전자도서출판의 출판브랜드입니다.